# 15

**Una storia in minuti!**

# Passi nella notte

Prima ristampa, luglio 2018

Illustrazioni di Febe Sillani

© 2017 Edizioni EL, via J. Ressel 5, 34018
San Dorligo della Valle (Trieste)
ISBN 978-88-6714-622-2

www.edizioniel.com

**15** Una storia in minuti!

# Passi nella notte

Testo di **Giuditta Campello**

EMME EDIZIONI

DON DON DON.

È notte fonda, che piú fonda non si può.

Il cielo buio ricopre la città.

La luna, gialla e rotonda, guarda giú.

Nel mio condominio dormono tutti,

ma proprio tutti.

Tutti tranne me.

Silenzio.

In punta di piedi scendo dal letto,
vado alla porta...

E ascolto.

Silenzio. Nessuna voce. Nessun rumore.

All'improvviso si sente un CLIC.

E sulle scale si accende la luce.

Subito dopo un rumore di passi pesanti.

TOM TOM TOM.

Chi è che va su per le scale con passi
pesanti, nel bel mezzo della notte?
TOM TOM TOM.

Solo un uomo molto grosso può far passi
cosí pesanti. Un uomo grosso come...
un gigante!

È proprio un gigante! Lo riconosco,
è il gigante di *Jack e il fagiolo magico*,
quello che dice: «Ucci ucci, sento odor di
cristianucci».

Eccolo che sale le scale.

Che fifa! Io so che ai giganti piacciono
i bambini. Forse è venuto apposta per
papparsi me. Adesso sfonderà la porta e...
invece no. Neanche si ferma. Passa oltre
e continua a salire le scale.

Chissà dove va?

La luce si spegne. E torna il silenzio.

All'improvviso si sente un altro CLIC.
Di nuovo la luce si accende.
E subito dopo un rumore di passi
tintinnanti. TING TING TING.
Chi è che va su per le scale tintinnando,
nel bel mezzo della notte?
TING TING TING.

TING
TING
TING

TING
TING
TING

Sembrano passi di scarpe di vetro. Anzi,
di cristallo. Chi mai può andare in giro
con le scarpe di cristallo? Che scomodità!
Ma certo! Cenerentola! Solo lei può fare
passi cosí tintinnanti.
Eccola che sale le scale e dietro di lei
striscia lo strascico del suo vestito.
Che stia scappando dalla matrigna? Che
stia correndo dal suo bel principe? Chissà!
Si spegne la luce. Silenzio perfetto.

All'improvviso si sente ancora un CLIC.
Si accende la luce.
E subito un rumore di passi sonanti.
TOC TOC TOC.
Chi è che va su per le scale
con passi sonanti, nel bel
mezzo della notte?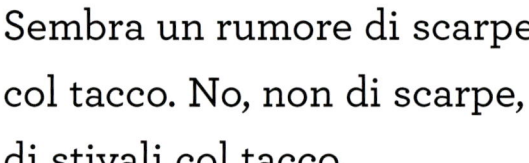
TOC TOC TOC.
Sembra un rumore di scarpe
col tacco. No, non di scarpe,
di stivali col tacco.
Stivali? Non sarà mica...? Ma sí, è lui! È il
gatto con gli stivali! Eccolo là che sale le
scale, con gli stivali e il cappello piumato.
Ma dove starà andando? Forse a caccia di
qualche lepre per il marchese di Carabas?
La luce si spegne. Ancora silenzio.

All'improvviso si sente di nuovo quel
CLIC.
E la luce di nuovo si accende.
Subito dopo un rumore di passi saltellanti.
TOMP TOMP TOMP.
Chi è che va su per le scale saltellando,
nel bel mezzo della notte?
TOMP TOMP TOMP.

Una cosina verde, grande quanto una
mano, passa saltando davanti alla porta.
Qualcosa le luccica in testa. Cos'è?
Sembra proprio... è una coroncina d'oro!
Be', allora non ci sono dubbi: questo è
il principe ranocchio!
Che sia in cerca di una principessa da
baciare?
Si spegne la luce. Ritorna il silenzio.

All'improvviso si sente un'altra volta
CLIC.
E, indovinate un po', si accende la luce.
Subito dopo un rumore di tanti passetti.
TUP TUP TUP TUP TUP TUP.
Chi è che va su per le scale con tanti
passetti, nel bel mezzo della notte?
TUP TUP TUP TUP TUP TUP.
Che sia un mostro con tre paia di piedi?
Questo sí che sarebbe spaventoso.
No, non è un mostro. È un porcellino
tutto rosa. Anzi, sono due porcellini.
Anzi, sono tre porcellini. Sono i tre
famosi porcellini!

TUP TUP TUP TUP TUP

Eccoli che salgono le scale.

Stanno forse scappando dal lupo cattivo?

La luce si spegne. Silenzio assoluto.

All'improvviso si sente l'ennesimo CLIC.
E, ormai lo sapete, la luce si accende.
Subito un rumore di passi molto strani.
Uno fa TAP e l'altro fa TUC. E insieme
fanno TAP TUC TAP TUC TAP TUC.
Chi è che va su per le scale con passi
molto strani, nel bel mezzo della notte?
TAP TUC TAP TUC TAP TUC.
Quel TAP sembra il rumore di un piede sul
pavimento. Quel TUC sembra il rumore di
un bastone di legno sul pavimento. Piede
legno piede legno piede legno.

Ma certo! È il pirata Barbanera,
che ha una gamba di legno.
Eccolo che sale le scale.
Chissà dove va! Che sia sulle tracce
di un tesoro sepolto?
Si spegne la luce. Silenzio di nuovo.

È notte fonda, che piú fonda non si può.
E io, in punta di piedi, vado su per le scale.
Silenzio. Nessuna voce. Nessun rumore,
tranne...
TAP TAP TAP.
È il rumore dei miei passi.
Vado su, sempre piú su, finché arrivo in
cima alle scale. Eccomi qui, sul terrazzo
del condominio.

E proprio sul terrazzo indovinate chi
incontro?
Il gigante, Cenerentola, il gatto con
gli stivali, il principe ranocchio, i tre
porcellini e il pirata Barbanera.
Volete sapere che cosa fanno?
Se ne stanno tutti con il naso all'insú
a guardare le stelle cadenti.

C'è il passo veloce, il passo più lento,

il passo sicuro, il passo sbilenco,

c'è il passo leggero, il passo pesante,

il passo da formica, il passo da gigante,

c'è il passo col tacco, il passo in ciabatta,

il passo di piombo, il passo d'ovatta,

c'è il passo che striscia, il passo che saltella,

il passo da pirata, il passo da modella,

c'è il passo marziale, il passo di danza,

il passo sulla sabbia, il passo nella stanza,

c'è il passo in avanti, il passo all'indietro,

il passo piccolino, il passo lungo un metro.

Fortuna che ognuno ha il suo passo speciale,
ognuno col suo passo va su per le scale.
E come stanotte, nelle notti piú belle,
incontriamoci in cima a guardare le stelle.

# Tre passi
## tra i giochi...

QUALI PERSONAGGI DELLE FIABE SONO PRESENTI

IN QUESTA STORIA? COMPLETA I LORO NOMI.

C _ _ _ _ _ _ _ _ _ _

_ _ _ T _ _ _ _ _ _ _ _ _ _ _ _ _ _ _ _ _

P _ _ _ _ _     B _ _ _ _ _ _ _ _

_ _ _     _ O _ _ _ _ _ _ _ _

G _ _ _ _ _ _

P _ _ _ _ _ _ _     _ _ _ _ _ _ _ _ _

2° gioco

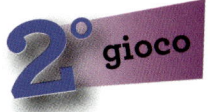

SOLO SEI DELLE NOVE PAROLE SCRITTE SUI GRADINI DELLA SCALA FANNO PARTE DELLA STORIA. CANCELLA LE TRE PAROLE INTRUSE CON UNA CROCE.

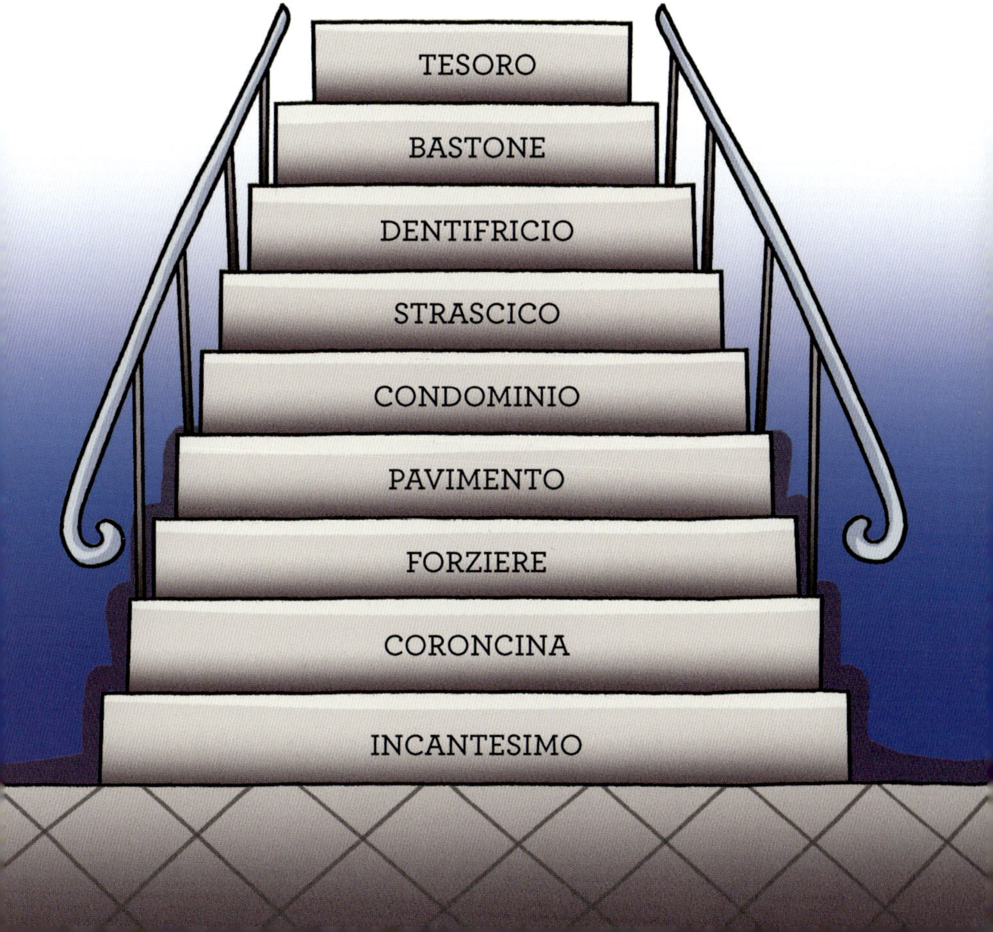

TESORO
BASTONE
DENTIFRICIO
STRASCICO
CONDOMINIO
PAVIMENTO
FORZIERE
CORONCINA
INCANTESIMO

CIASCUNO DEI PERSONAGGI DELLE FIABE, SALENDO LE SCALE, PRODUCE UN RUMORE PARTICOLARE. COLLEGA OGNI PERSONAGGIO AL SUONO GIUSTO.

GIGANTE — TAP TUC TAP TUC TAP TUC

TRE PORCELLINI — TOMP TOMP TOMP

CENERENTOLA — TOC TOC TOC

GATTO CON GLI STIVALI — TING TING TING

PIRATA BARBANERA — TOM TOM TOM

PRINCIPE RANOCCHIO — TUP TUP TUP TUP TUP TUP

IN QUESTE FRASI LE PAROLE SI SONO INCOLLATE
LE UNE ALLE ALTRE. RIESCI A RIMETTERLE IN
ORDINE? POI SCRIVI LE FRASI SOTTO INSERENDO LA
PUNTEGGIATURA.

SISPEGNELALUCESILENZIODINUOVO
ÈNOTTEFONDACHEPIÚFONDANONSIPUÒ
EIOINPUNTADIPIEDIVADOSUPERLESCALESILENZIO

_____

_____

_____

_____

UNISCI I PUNTINI DALLA A ALLA Z, SEGUENDO
L'ORDINE ALFABETICO. COMPARIRÀ UNO DEI
PERSONAGGI DELLA STORIA.

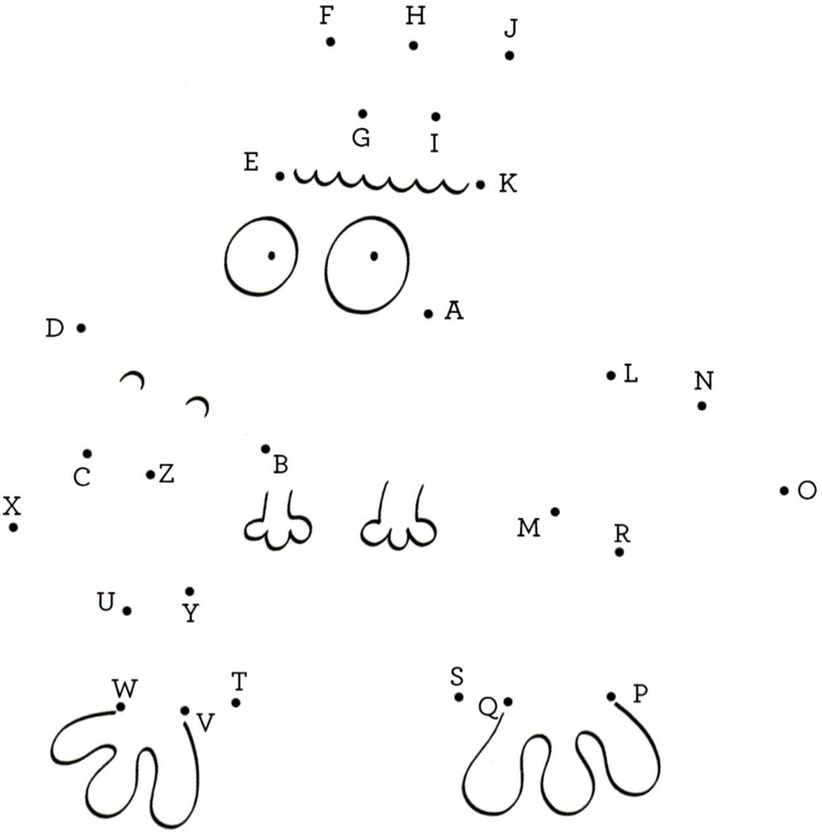

F  H  J

G  I

E  K

D

L  N

C  Z  B  O

X

M  R

U  Y

W  T  S  P

V  Q

CHE COSA GUARDANO TUTTI CON IL NASO
ALL'INSÚ SUL TERRAZZO DEL CONDOMINIO? FAI UN
CERCHIO INTORNO AL DISEGNO GIUSTO E SCRIVI LA
RISPOSTA SOTTO.

_ _ _ _ _ _    _ _ _ _ _ _

# L'autore

Giuditta Campello è nata nel 1987 e vive a Castiglione Olona, tra le colline e i laghi del Varesotto. Si è laureata in Lettere moderne all'Università Statale di Milano, approfondendo gli studi di bibliologia e di storia del libro antico. Oltre a scrivere, tiene corsi di ceramica per ragazzi e laboratori di lettura per i piú piccoli.

# Tre passi

Finito di stampare nel mese di giugno 2018
per conto delle Edizioni EL
presso G. Canale & C. S.p.A., Borgaro Torinese (Torino)